Vente du Samedi 13 Mai 1876.

SALLE N° 4.

COLLECTION DE M. D***

DESSINS ANCIENS

DES ÉCOLES FLAMANDE, HOLLANDAISE,

ITALIENNE ET FRANÇAISE

Et de quelques Dessins de l'École moderne

Exposition Publique : le Vendredi 12 Mai 1876

COMMISSAIRE-PRISEUR	EXPERT
M⁰ **MAURICE DELESTRE,**	**M. CH. GAVILLET,**
23, rue Drouot.	38, rue Le Peletier.

CATALOGUE

DE

DESSINS ANCIENS

DES ÉCOLES FLAMANDE, HOLLANDAISE,

ITALIENNE ET FRANÇAISE

ET DE QUELQUES DESSINS DE L'ÉCOLE MODERNE

*Dépendant de la Collection de M. D****

DONT LA VENTE AURA LIEU

HOTEL DROUOT, SALLE N°

Le Samedi 13 Mai 1876,

A DEUX HEURES.

Par le ministère de M⁰ **MAURICE DELESTRE**, Commissaire-Priseur, 23, rue Drouot,
SUCCESSEUR DE M⁰ DELBERQUE-CORMONT,

Assisté de M. **CH. GAVILLET**, Expert, 38, rue Le Peletier.

Chez lesquels se trouve le présent Catalogue.

EXPOSITION PUBLIQUE : Le Vendredi 12 Mai 1876,

De une heure à cinq heures.

CONDITIONS DE LA VENTE

———

Elle sera faite au comptant.

Les acquéreurs paieront en sus des adjudications *cinq pour cent* applicables aux frais.

Paris — Impr. PILLET fils aîné, rue des Grands-Augustins, 5.

DÉSIGNATION

DESSINS ANCIENS

ABBATE (Nicolas dell').

1. Une sainte femme agenouillée aux pieds du Christ.

    Joli dessin à la sanguine, rehaussé de blanc.

ADAM (Victor).

2. Le permis de chasse.

    Sépia.

3. Une étape.

    Sépia.

ANDREA DEL SARTO.

4. Figure drapée; dessin d'un très-beau sentiment et d'une exécution magistrale.

    Sanguine.

5. Figure drapée, vue de profil.

    Dessin à la pierre noire.

6. Groupe de deux figures d'un très-grand caractère.

    Beau dessin à la plume et au bistre, rehaussé de blanc.

BARBATELLI (dit le Poccetti).

7. Moines agenouillés.

> Dessin à la pierre noire et au lavis d'encre de Chine.

8. Scène tirée de l'Écriture sainte.

> Beau dessin à la pierre noire et au lavis d'encre de Chine.

BAROCCI (Federigo).

9. La visitation à la Vierge.

> Très-beau et important dessin à la plume et au bistre, rehaussé de blanc.

BELLANGÉ (Hip.).

10. Le départ des conscrits.

> Charmante aquarelle.

11. Grenadier au port d'arme; sur la même feuille, deux têtes de troupiers.

> Très-joli croquis à la plume.

BOSCOLI (Andrea).

12. Martyrs conduits au supplice.

> Dessin à la plume et au bistre.

13. Martyrs conduits au supplice.

> Dessin à la plume et au bistre.

BOTH (Jan).

14. Un chemin tortueux, bordé à gauche par de grands arbres, se perd dans un fond de montagnes; au centre, deux cavaliers et plusieurs autres petites figures.

> Joli dessin à la plume et au bistre.

BOUCHER (F.).

15. Un jeune homme en costume de voyage et portant une lanterne, contemple une jeune femme à demi couchée sur un lit dont il dont soulève le drap.

> Charmant dessin exécuté, sans doute, pour les *Contes de Boccace*; la cheminée et différents petits accessoires n'existent pas dans la gravure.
>
> Au bistre, légèrement teinté et rehaussé de blanc.

16. Paysage; au premier plan, à gauche, une fontaine au bord de laquelle une jeune fille se repose appuyée sur un seau; dans le fond une maisonnette entourée d'arbres.

> Joli dessin à la pierre noire.

17. Repas champêtre.

> Sanguine.

18. Daphné changée en laurier.

> Dessin à la sanguine brune.

19. Enfant endormi.

> Charmant dessin à la pierre noire, rehaussé de quelques accents de sanguine et de blanc.

BREUGHEL (JOHANN).

20. Paysan dirigeant une charrue trainée par deux chevaux.

> À la plume et au bistre.

BRONZINO.

21. Étude d'ange.

> Joli croquis à la plume.

22. Cheval se cabrant.

> Magnifique dessin à la pierre noire.

CANO (Alonzo).

23. Diverses compositions.

Trois dessins sur la même feuille ; à la plume et au bistre.

CARESME.

24. Faune surpris et attaché à un arbre par deux nymphes.

Gouache.

CARRACHE (Annibal).

25. De grands arbres au premier plan à droite ; dans le lointain à gauche, un clocher, et, au centre, deux cavaliers.

Dessin à la plume.

CASTIGLIONE.

26. Deux satyres regardent une femme nue qui dort ; près d'elle sont couchés une faunesse et un enfant.

Sépia.

CAVEDONE (Jacques).

27. Jésus chassant les marchands du temple.

Dessin à l'essence.

CHARLET.

28. L'empereur destitue Frochot, préfet de Paris.

Mine de plomb.

29. Un vieux grognard.

Sépia, rehaussée de blanc.

CHATELET.

30. Vue des cascades du Quienback (en Suisse).

Dessin à l'encre de Chine, rehaussé de blanc.

31. Cascades du Quienback.

Dessin à l'encre de Chine, rehaussé de blanc

COCHIN.

32. Portrait de jeune garçon.

Charmant dessin à la sanguine.

33. Portrait d'un abbé.

Mine de plomb.

34. Un martyr.

Vignette à la plume et au bistre.

DELACROIX (Eug.).

35. Tigre étreignant un cheval.

Croquis d'une grande tournure.
Sépia.

DEMARNE.

36. Bestiaux dans un pré.

Dessin à la pierre noire.

DIETRICH.

37. Figure vue de profil.

Croquis à la plume et au bistre.

38. Sujet tiré de l'histoire sainte.

A la plume et au lavis d'encre de Chine.

DIZIANI (Gaspard).

39. Rentrée triomphale; apparition du Saint-Esprit aux apôtres; ascension du Christ.

Trois dessins à la plume et au bistre.

DUPLAT (PIERRE).

40. Paysage.

    Sépia.

41. Paysage.

    Sépia.

ÉCOLE FRANÇAISE DU XVIIIᵉ SIÈCLE.

42. Le déjeuner.

    Dessin à la pierre noire, rehaussé de crayon rouge et bleu.

ÉCOLE FRANÇAISE.

43. Scène de ballet.

    Dessin à la plume et au bistre.

ÉCOLE FRANÇAISE DU XVIIIᵉ SIÈCLE.

44. Un homme, dépouillé de ses vêtements, est attaché à un arbre; à droite, au premier plan, un groupe de cavaliers portant des étendards.

    A la pierre noire.

ÉCOLE FRANÇAISE.

45. Jeune pâtre assis sur un tertre; un chien est à ses côtés.

    A la pierre noire, rehaussé de blanc.

46. Guerrier et hérauts d'armes.

    Dessin à la plume et au lavis d'encre de Chine et de bistre.

47. La résistance.

    Dessin à l'encre de Chine et au bistre.

48. Pendant du précédent.

49. Combat entre deux cavaliers.

    Beau croquis à la plume.

ÉCOLE FRANÇAISE.

50. Laocoon, étude académique.

> Mine de plomb.

51. Jeune faune pressant des raisins.

> Pierre noire et sanguine estompées.

ÉCOLE FRANÇAISE DU XVIIIᵉ SIÈCLE.

52. Portrait de femme.

> A la pierre noire et à la sanguine.

ÉCOLE FRANÇAISE.

53. Tête de faune.

> Sanguine.

ÉCOLE HOLLANDAISE.

54. Jeune homme assis, pinçant de la mandoline.

> Très beau dessin à la pierre noire.

55. Paysage boisé avec cours d'eau et habitations.

> A la pierre noire et à l'encre de Chine.

56. Paysages.

> Trois dessins, à la pierre noire, à la plume et à la pierre noire, rehaussé d'aquarelle.

57. Paysages.

> Trois dessins : pierre noire, encre de Chine et sanguine.

ÉCOLE ITALIENNE DU XVIᵉ SIÈCLE.

58. Guerriers combattant ; figures d'une grande pureté de formes et d'un beau caractère.

> Superbe dessin au bistre rehaussé de blanc.

59. Quatre saints placés dans des compartiments avec motifs d'ornements ; beau dessin de la renaissance.

> Plume et bistre.

ÉCOLE ITALIENNE.

60. Enfant portant des palmes (motif de décoration).

> Charmant dessin à la sanguine.

61. Un ange présente des fruits à l'enfant Jésus.

> Joli dessin à la plume.

62. La Vierge entourée d'anges.

> Dessin à la plume.

63. Etude de tête vue de trois quarts.

> Sanguine.

64. Etude de mascaron.

> A la plume.

65. Composition d'ornements avec figures et cariatides.

> Dessin à la plume, rehaussé d'aquarelle.

FEUCHÈRE.

66. Projets de vases et première pensée du Satan.

> Trois croquis sur la même feuille : plume et sépia.

FIELDING (Newton).

67. Canards au bord d'un ruisseau.

> Aquarelle.

68. Héron guettant des poissons.

> Sépia.

69. Canards sur les bords d'un marais.

> Aquarelle.

FLEURY.

70. Le retour au couvent.

> Sépia.

FRAGONARD (Honoré).

71. L'Adoration des bergers ; d'après Paul Véronèse.
   Dessin à la pierre noire.

FRANCESCO (Simonini).

72. Voyageurs attaqués par des brigands.
   Plume et bistre.

GANDOLFI.

73. Groupe de têtes d'hommes et de femmes dans diverses positions.
   A la plume.

GAUTIER (Théophile).

74. Un parc.
   Aquarelle.

GÉRICAULT

75. Abdication de Charles-Quint.
   Sépia, rehaussé de blanc.

GIORDANO (Luc).

76. Saints en extase ; l'Amour présentant des armes à un guerrier.
   Deux dessins à la plume et au lavis d'encre de Chine.

GIRARD.

77. Paysage.
   Aquarelle.

GIRARDET, SANDOZ, MASSARD.

78. Portraits de femmes célèbres d'après Mignard.
   Trois dessins à la mine de plomb.

GOYEN (van).

79. Ruines sur les bords d'une rivière garnie de barques de pêcheurs.

> Joli dessin à la pierre noire et au lavis d'encre de Chine.

80. Barques de pêcheurs.

> A la pierre noire et au lavis d'encre de Chine.

GRANET.

81. Des moines, réunis dans une grande salle d'un cloître, écoutent un prédicateur vêtu de blanc.

> Aquarelle importante et d'un très-bel effet.

82. Trois sœurs assistent un agonisant.

> Sépia.

83. Intérieur de cloître.

> Aquarelle.

GREUZE (J.-B).

84. Tête de jeune fille : elle est vue presque de profil, les regards levés. Belle expression.

> Charmant dessin à la sanguine.

85. Tête de jeune garçon.

> Sanguine.

86. Etude de main.

> Joli dessin à la pierre noire et à la sanguine estompées.

GUERCHIN.

87. Episode de la vie de saint Ambroise.

> Très-beau dessin à la plume.

GUERCHIN

88. Saint en extase.

> Très-beau et important dessin à la plume.

89. Paysage accidenté traversé par une rivière.

> Dessin à la plume.

90. Saint Jean-Baptiste.

> Beau dessin à la plume.

HOLBEIN (Attribué à).

91. Jésus chassant les marchands du temple.

> A la plume.

HUET (J.-B.).

92. Enfants supportant une guirlande de fleurs

> Sanguine.

93. Etude d'âne.

> A la pierre noire et au bistre.

94. Etude de veau.

> A la pierre noire et au bistre rehaussé de blanc.

INCONNU.

95. Groupe d'éléphants.

> Dessin à la plume, d'un grand caractère.

96. Les bulles de savon, d'après Miéris.

> Aquarelle.

97. Chevaux.

> Aquarelle.

98. Mort de ***.

> Esquisse peinte à l'essence.

ISRAEL.

99. Combat naval.

>   Dessin au bistre.

JEANRON.

100. Moine assis et vu de profil, tenant une palette.

>   Belle étude au crayon Conté, rehaussée de blanc.

JORDAENS ?

101. Une vieille femme assise au premier plan à gauche semble indiquer du doigt deux jeunes gens qui se trouvent à droite.

>   Dessin à l'essence.

KOBELL (F.).

102. La sortie de l'étable.

>   Dessin à la pierre noire.

KOEKKOEK.

103. Sentier traversant un bois.

>   Dessin à la pierre noire.

LALANNE.

104. Les bords de la Marne.

>   Fusain.

105. Pendant du précédent.

106. Paysage.

>   Fusain.

LANFRANC (Jean).

107. Etude d'homme drapé.

>   Beau dessin à la plume et au bistre rehaussé de blanc, sur papier teinté.

LANGLOIS.

108. Paysages et vues de monuments.

Sept dessins et croquis à la mine de plomb.

109. Place de marché à Rouen.

Dessin au crayon noir et au lavis d'encre de Chine.

LAWRENCE.

110. La lecture; le concert.

Deux contre-épreuves.

LÉONI (le chevalier OCTAVE).

111. Portrait d'un cardinal.

Dessin à la pierre noire, rehaussé de sanguine et de blanc.

112. Portrait de la duchesse Gaétana.

Dessin à la pierre noire, rehaussé de blanc.

113. Portrait de femme.

Dessin à la pierre noire.

LINGELBACH.

114. Port du mer.

Dessin à l'encre de Chine.

MEULEN (VAN DER).

115. Episodes du règne de Louis XIV.

Quatre petits croquis à la plume et au lavis d'encre de Chine sur la même feuille.

MIERIS (VAN).

116. Daphné, poursuivie par Apollon, est changée en laurier.

Dessin d'un travail précieux, à l'encre de Chine.

117. Adam dans le Paradis terrestre.

Dessin d'un grand fini à l'encre de Chine.

MIERIS (Van).

118. **Femme nue couchée.**

A la pierre noire et modelé à l'encre de Chine.

MOLYN (Pierre).

119. **Paysage accidenté.**

Charmant dessin à la pierre noire et lavé d'encre de Chine.

MOREAU.

120. **Cavalier donnant des ordres à des soldats.**

Plume et bistre.

OMMEGANCK.

121. **Berger et son troupeau.**

A la pierre noire, rehaussé de pastel.

ORLEY (Bernard van).

122. **Un lion poursuivant un tigre ; des plantes et des arbres sur l'un desquels grimpe un écureuil.**

Dessin à la plume et au lavis d'encre de Chine.

OUDRY (J.-B.).

123. **Intérieur de parc.**

Dessin à la pierre noire.

124. **Entrée de parc.**

A la pierre noire.

OZANNE et VAN DE VELDE.

125. **Marines.**

Trois dessins à la plume et au bistre.

PARROCEL.

126. **Combats entre cavaliers.**

Deux dessins : plume et encre de Chine

PATER

127. Jeune femme vue de profil.
    Sanguine.

PERIGNON (NICOLAS).

128. Village sur un coteau, au bord d'une rivière.
    Dessin à la plume, légèrement aquarellé.

PÉRINO DEL VAGA.

129. Divers croquis sur la même feuille.

PERNOT (P.-O.).

130. Paysage.
    Sépia.

PIATTOLI (GAETANO).

131. Sujet allégorique pour le titre d'un livre.
    Joli dessin à la pierre noire.

PINAKER.

132. Paysage accidenté.
    A la plume et à l'encre de Chine.

PORBUS (FRANTZ).

133. Portrait d'homme.
    Dessin à l'encre de Chine.

PROCACCINI et PENNI.

134. Trois dessins et croquis.

RAFFET.

135. Grenadier chargeant son arme.
    Croquis à la mine de plomb.

REMBRANDT.

136. Un vieillard, vu presque de face, est assis dans un fauteuil sur le dossier duquel une vieille femme est appuyée.

Très-beau dessin à la plume et au bistre.

137. Groupe de figures.

Beau croquis à la plume et au bistre.

138. Des groupes de personnages entourent le lit d'un malade.
Dessin à l'encre et au bistre.

139. Groupe de deux figures.

Joli croquis à la plume et au bistre.

ROBERT (Léopold).

140. Guerrier japonais.

A la plume et à l'encre de Chine.

ROGHMAN et REMBRANDT.

141. Paysages.

Quatre dessins à la plume et au bistre.

ROMAIN (Jules)?

142. Bataille.

Dessin important, à la plume et au bistre, rehaussé de blanc.

ROOS (Ph.-P.).

143. Paysage avec figures et animaux.
Sanguine.

ROSELLI (Mateo).

144. Etude d'homme drapé.

Dessin à la pierre noire, rehaussé de sanguine.

ROSSO.

145. Femme nue couchée.

> A la plume et au bistre.

RUISDAEL (JACQUES).

146. Un chemin bordé à gauche par de grands arbres et à droite par un terrain accidenté; des figures, une charrette et des moutons animent cette charmante petite composition.

> Ce dessin, qui a été gravé, provient de la collection Ryman, vendue à Paris en 1776. — A la pierre noire et au lavis d'encre de Chine.

SALVIATI.

147. Etudes d'enfants.

> Deux remarquables petits dessins à la mine d'argent.

SOLIMENA.

148. La Vierge et l'enfant Jésus.

> A la pierre noire, rehaussé de pastel.

STORELLI.

149. Paysage, soleil levant.

> Aquarelle.

TESTA (PIERRE).

150. Un songe.

> Dessin à la plume.

TIEPOLO.

151. Une femme agenouillée devant un autel présente son enfant à un évêque.

> A la plume et au bistre.

TINTORET.

152. Fragment de composition avec figures.

> A la plume et au bistre.

TITIEN.

153. Hercule combattant le chien Cerbère.

> Joli dessin à la plume; des collections de Charles Ier, Lauskring, Saubry, etc.

TITIEN ?

154. Sur un monticule, au premier plan, un arbre dégarni de feuilles occupe une grande partie de la composition ; dans le fond, un terrain accidenté.

> Beau dessin à la plume.

VALLIN.

155. La danse.

> Dessin à la pierre noire, rehaussé de blanc.

VELDE (A. VAN DE).

156. Sur le premier plan, à droite, de grands arbres au bord d'un chemin qui se perd dans les bois ; un chasseur, suivi d'un valet et d'un chien, animent ce paysage.

> Dessin à l'encre de Chine, rehaussé de blanc ; collection Robinson.

VERNET (CARLE).

157. Amazone.

> Sépia.

VINCENT (F.).

158. Joli dessin à la pierre noire et au bistre, rehaussé de blanc.

VINCI (Léonard de) ?

159. Tête de Christ.

Dessin d'un joli sentiment; à la plume et au lavis d'encre de Chine.

160. Figures grotesques.

Trois croquis à la plume sur la même feuille.

VOLLON (A.).

161. Entrée d'un port de mer.

Beau dessin au fusain, rehaussé de blanc.

WATTEAU DE LILLE.

162. Costumes d'hommes et coiffures de femmes.

Cinq dessins, mine de plomb, plume et encre de Chine.

WILLE (J.-G).

163. Portrait de Rameau.

Dessin à la pierre noire.

WILSON (Richard).

164. Décoration avec figures.

A la pierre noire.

ZAMPIERI (Domenico).

165. Tête vue de trois quarts, les regards levés. Dessin d'un beau sentiment.

A la plume, rehaussé de blanc.

ZUCCARO.

166. Deux enfants, l'un portant une palme et l'autre un bouclier, sont assis sur le socle de la statue d'un saint.

A la plume et au bistre.

167. Sous ce numéro, 447 dessins anciens environ seront vendus par lots et isolément.

168. Brevet délivré le 16 juillet 1792 à Jean-Baptiste Greuze, lui donnant droit à une pension annuelle et viagère de quinze cent trente-sept livres dix sols, à titre de récompense nationale.

Pièce très-curieuse.

169. Portefeuilles de la Collection.

RED. :

20

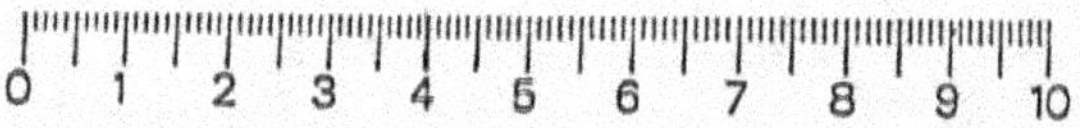

MIRE ISO N° 1
NF Z 43-007
AFNOR
Cedex 7 - 92080 PARIS-LA-DÉFENS

graphicom

0 1 2 3 4 5 6 7 8 9 10

BIBLIOTHEQUE
NATIONALE
DE FRANCE

****

CHATEAU
DE
SABLE
1995